Coralie Saudo

Mayana Itoïz

Mi clase de la A a la Z

Ⓑ Bruño

Hola, soy la A, ¡la primera letra del abecedario!
Conmigo puedes escribir palabras
como *abeja, araña, árbol...*

Sígueme y te presentaré a las otras 26 letras,
¡que también son mis compañeras de clase!
Pero antes..., ¿cuántas cosas que se escriben
con A ves en esta doble página?

ESCUELA
de las LETRAS

La B es muy bromista, pero hoy…,
ila broma se la han gastado a ella!
«¡Yo no uso babero ni biberón, que ya no soy un bebé!»,
ha bufado. A la B le gustan los bombones,
las bananas y, sobre todo, ilos libros!

¿Cuántas cosas ves que se escriben con B?
Por ejemplo: *ballena, balón*…

A la C le encanta correr. Siempre va como un cohete…
¡Incluso lleva una capa de superhéroe!
A la C también le gusta leer cuentos, cantar, hacer cuentas…

¿Cuántas cosas ves que se escriben con C?
Por ejemplo: *caracol, cigüeña…*

DODO

La D es muy divertida.
¡Mira su cara cuando su dragón
de juguete se tira un pedete!
A la D le chiflan los dinosaurios,
¡pero lo que más le gusta es dibujar!

¿Cuántas cosas ves
que se escriben con D?
Por ejemplo: *dado, dominó…*

Con la E y la F, ¡el comedor del cole
se convierte en una fiesta!

La **E** tiene forma de escalera. ¡Somos las equilibristas del Circo de las Estrellas! La **F** forma parte de la función, y ensaya muy feliz el baile del fideo... ¡con un tenedor en la cabeza!

¿Cuántas cosas ves que se escriben con **E**?
Por ejemplo: *elefante, espada...*
¿Y con **F**? Por ejemplo:
flamenco, foca...

MENÚ

COME

Y

CADA DÍA

La G es muy golosa iy también algo glotona!
Adora las galletas, las gominolas, los gofres…
Pero no le gusta mucho compartir sus golosinas,
y como te acerques a ellas, ite gruñe!

La H ha intentado probar uno de los helados de la G
y mira lo que le ha pasado… iCasi se rompe un hueso
y acaba en el hospital!

¿Cuántas cosas ves que se escriben con G?
Por ejemplo: *gato, globo…*

¿Y con H? Por ejemplo: *helicóptero, hipopótamo…*

La **I** es muy inquieta y traviesa.
Hoy se le ha ocurrido la idea de disfrazarse
de profesor... ¡con bigote incluido, qué risa!
A la **I** le chiflan los insectos,
y también sabe tocar distintos instrumentos.

¿Cuántas cosas ves que se escriben con **I**?
Por ejemplo: *isla, mariposa…*

¡La J y la K se preparan para los Juegos Olímpicos!
La J practica a la pata coja sobre la barra fija…
¡con pelotas de juguete!
La K entrena kárate, kung-fu y *kick boxing* con el canguro
Kiko, y luego se tomarán un zumo de kiwi en un karaoke.

¿Cuántas cosas ves que se escriben con J? Por ejemplo:
jarra, jirafa… ¿Y con K? Por ejemplo: *kayak, koala…*

Lo que más le gusta a la L es leer.
¡Siempre está rodeada de libros y más libros!
Hoy está leyéndole a la M el cuento de Caperucita y el lobo,
¡su favorito!

La M escucha con mucha atención,
y como tiene una memoria de elefante (o mejor: ¡de mamut!),
ya se sabe montones de historias maravillosas.

¿Cuántas cosas ves que se escriben con L?
Por ejemplo: *lápiz, lechuza…*

¿Y con M? Por ejemplo: *mapa, medusa…*

La N tiene una manía muy fea…
¡Se mete el dedo en la nariz!
Nunca se separa de su osito Nino, y el nueve
es su número favorito. La N tiene una hermana gemela
que se parece un montón a ella…
¡Pasa la página si quieres conocerla!

Pero antes…, ¿cuántas cosas ves que se escriben con N?
Por ejemplo: *nenúfar, nido…*

La Ñ se distingue de la N por esa especie de moño
que lleva sobre la cabeza. Como la Ñ tenía mucho sueño,
ha ido a mojarse la cara… ¡y se ha encontrado a la O
regañando a un ogro travieso que se ha colado en el baño
del colegio! Por su parte, la P, que es un poco perezosa,
se ha quedado dormida en su pupitre y, sin querer,
¡se ha hecho pis encima!

¿Cuántas cosas ves que se escriben con Ñ?
Por ejemplo: *muñeco, piña…*
¿Y con O? Por ejemplo:
oca, oso hormiguero…
¿Y con P? Por ejemplo:
papel higiénico, pavo real…

A la Q le gusta esquiar, jugar en el parque,
la tarta de queso, las croquetas, los albaricoques…,
¡pero lo que de verdad le encanta es perderse
en el gran bosque de libros de la biblioteca del cole!
La semana pasada se leyó quince cuentos,
¡y seguro que pronto llega a los quinientos!

¿Cuántas cosas ves que se escriben con Q?
Por ejemplo: *raqueta, esquís…*

La R es muy ruidosa. Se ha disfrazado de rey de la selva
y se ha puesto a rugir: ¡ROARRR, ROARRR!
Su historia favorita es la del escorpión y la rana:
¡cada noche la lee antes de dormir!

En cambio, la S es muy silenciosa: ¡SSSSShhh!
Le gusta sentarse a dibujar…
y siempre sueña con
su superhéroe
favorito: ¡Superman!

¿Cuántas cosas ves que se
escriben con R? Por ejemplo:
regla, *rinoceronte*…
¿Y con S? Por ejemplo:
silbato, *submarino*…

La T es muy tranquila y también bastante despistada…
¡PUAJJJ, mira lo que está a punto de pisar!
A la T le encanta mirar las estrellas con su telescopio.
Y la U va a ser una gran chef, ¡la mejor del mundo!
¡Sus buñuelos son para chuparse los dedos!

¿Cuántas cosas ves que se escriben con T?
Por ejemplo: *tigre, tobogán*…
¿Y con U? Por ejemplo: *utensilios de cocina, uvas*…

La valiente V está lista para viajar en su nave espacial.

La W se disfraza de *cowboy* y cabalga en su caballito Willy.

Y la X es una experta concertista… ¡Su música es exquisita!

¿Cuántas cosas ves que se escriben con V, W y X?
Por ejemplo: *violín, cowboy, xilófono…*

Y aquí están las dos últimas letras: la Y y la Z.
La Y exclama: «¡Yupiiii, hoy he ganado
un campeonato de yoyó!».
Y la Z también está más feliz que una perdiz,
porque cada vez que tenemos un examen, ¡saca un diez!

¿Cuántas cosas ves que se escriben con Y?
Por ejemplo: *el **Y**eti, **y**ogur...*

¿Y con Z? Por ejemplo: ***z**anahoria, **z**orro...*

Ahora vamos a hacernos la foto de clase.
¡Que todo el mundo diga «PA-TA-TAAA»!

¡Somos las 27 letras!
Con nosotras podrás leer y escribir… ¡todo lo que quieras!